KB122751

시,
집

시, 집

발행일	2016년 6월 21일

글쓴이	벽 옥		
펴낸이	손 형 국		
펴낸곳	(주)북랩		
편집인	선일영	편집	김향인, 서대종, 권유선, 김예지, 김송이
디자인	이현수, 신혜림, 윤미리내, 임혜수	제작	박기성, 황동현, 구성우
마케팅	김회란, 박진관, 김아름		
출판등록	2004. 12. 1(제2012-000051호)		
주소	서울시 금천구 가산디지털 1로 168, 우림라이온스밸리 B동 B113, 114호		
홈페이지	www.book.co.kr		
전화번호	(02)2026-5777	팩스	(02)2026-5747

ISBN	979-11-5987-038-5 03810(종이책)		979-11-5987-039-2 05810(전자책)

이 도서의 국립중앙도서관 출판예정도서목록(CIP)은
서지정보유통지원시스템 홈페이지(http://seoji.nl.go.kr)와
국가자료공동목록시스템(http://www.nl.go.kr/kolisnet)에서 이용하실 수 있습니다.
(CIP제어번호 : CIP2016014353)

성공한 사람들은 예외없이 기개가 남다르다고 합니다.
어려움에도 꺾이지 않았던 당신의 의기를 책에 담아보지 않으시렵니까?
책으로 펴내고 싶은 원고를 메일(book@book.co.kr)로 보내주세요.
성공출판의 파트너 북랩이 함께하겠습니다.

시,
집

벽옥 시집

북랩 book Lab

동음이의어, 다의어는 상황이나 환경에 따라 다르게 해석됩니다. 띄어쓰기나 쉼표 위치에 따라 의미가 생기거나 없어지고 바뀌기도 합니다. 숨은 그림을 찾는 마음으로 시 속에 숨겨진 의미를 찾아보시길 바랍니다.

표기된 문장 부호에 순응하시고, 준비된 음악과 함께 감상하시면 입체적인 시를 음미하실 수 있습니다.

* 이 시집은 저자의 의도를 반영하여
맞춤법에 맞지 않은 표기가 있음을 알려드립니다.

차
례

들어가며 _4

시,
집

CNBLUE...

A Winter Story (영화 '러브레터')
- Unknown

숫자가 자랄수록 위로 향하나...
숙여야 할 머리의 깊이도 깊다...

고행을 통해 눈물로 탑을 오르건만...
나를 버리기 전까지는 내려올 수 없다...

낮아지고 낮아져야 튀여 오르건만...
죽은 자는 탑을 오른다...

눈으로 보이는 높은 곳은 가장 낮아...
좁고 더럽다...

눈으로 보이는 큰 곳은 가장 작아...
홀로 외롭다...

눈으로 보이는 그 곳은 마음으로 보면...
일곱 별들의 쉼터, 푸른 바다가 나를 부른다.

승리의 장미

All Alright (모두가 순조롭다)
- Sigur Rós

지키고 행한다. 말없이 이야기 한다.

다섯 손가락 모두 움직여 열의의 의미 되고

맨발 벗고서 힘껏 달리어 백의의 의미 된다.

소낙.

Always Need You
- Melissa Polinar

완연한 여름, 전... 번 개와 천둥은
남자의 무너진 마음이 빚은 빛과 소리.

주지 못한 후회들로... 세찬 그리움과
눈물을 짓는다.

들리는 이 솔이... 남자의 마음이
여자에게로 내리기 시작한 열음의 시작.

마음이 설렌다.

눈

Another Day
- 디제이 씨에스타

펑펑 울다.
눈 들어 바라 본
들, 눈꽃 내려

튼 손 호호 불며
얼음 손으로 눈 움켜
눈 물 흐르며 운다.

눈 감아 오른 길 따라
손 잡고 걸어 온 길 들이
눈 쌓여 새로 운 추억이 된다.

기억

Another Day
- 디제이 씨에스타

첫 눈에 반 하였다.

첫 눈이 마음 속 내린다.

반 짝 이는 송이 송이

눈 꽃은 빛을 내 고

침묵 하며 내리는 그대는

흐르는 네가 되어 위로 오른다.

하얀 나라

Another Day
- 디제이 씨에스타

속히 내리는 눈발은

하얗게 눈 앞 가리워

뿌옇게 세상을 잠재우고

백의 입은 나무는

색다르게 축제의 흥 돋우고

바닥은 희게 깔리운

고운 가루로 얼음얼음

빛이 닿는 곳에 너를 그리다.

거울

Arthur's Theme (Best You Can Do)
- Christopher Cross

보자.
눈 들어 귀 먼저
그리고 다시 거울 속

손, 팔, 다리, 발
대칭되는 그 들은 단수.
하나로 불리지만 둘이고
다섯이고 열이다.

다 합치면 넷! 이고 열이고
스물, 스물된다.

가슴 속 그 곳에서...
하나 입이 말한다.
사실은 다 하나라고...

호, 수

Aruarian Dance
- Nujabes

처음 들어 보인 빈 자리
마음 속 남아 아프다.

깊고 넓어 그... 자리
허하여도 들지 못 한,
그대로 나마 차오른다.

나누고 주어 조용히 흐르는
밝고 투명한 네가 되어
마르고 어둔 날, 깨운다.

시, 집

칼, 바람

Battle Without Honor Or Humanity
- Hotei Tomoyasu

소리 없이 가는 칼 바람은
뼈와 살을 나누고 도려 내어 바른다.

피는 꽃, 아래로 흘러 눈 위에 푸르게 피인다.

눈, 알갱이 구르고 쌓여 자그만 나를 묻고
눈, 덩어리 뭉치고 굴러 커다란 네가 된다.

입가 미소와 숯 눈썹, 차가운 막대로 떨며 그린다.

자, 석

Blue Train
- John Coltrane

성질 다르나 나누어 지지 않고
잘라 본들 변, 하지 않는...

성질 같으나 나누어져
몰라 본듯 내, 뱉지 못한...

입을 오므려 귀 속삭이고
멀리 서서 결, 만지면...

모든 것이 서, 글픈 썩는 조각인 걸.

바로.

Bossa Baroque
- Dave Grusin

날 버리다, 보면
남아 보인다.

버릴수록 정제된다.
양자보다 크고
그대보다 작아 보인다.

깨, 달으면 그대로 나다.
떠오르면 바라보고
사라지면 기억한다.

질주

Caruso
- Luciano Pavarotti

해변을 따라 도로가 있다.
달 빛에 바다는 반, 짝이고
붉은 가로등 스치며 질주한다.

그대로 바다가로 질러
널 향해 날 던지며,
고함으로 날 달랜다.

눈물로 내가 녹아 진대도
높이 서, 바라보고 질끈 날 감는다.

버스(birth)

Cayman Islands
- Kings Of Convenience

버스 타고 함께 이, 동한다.
같은 방향을 들 이키는
그... 느낌이 좋다.

의지와 상관 없이
차선 바뀌고 멈추어, 야 하지만
생이 다, 그렇다.

매 순간, 위험과 바람 속에
난 다시, 버스에 오른다.

아~ 침!

Cello Blossom
- 허윤정

구수한 밥, 내가 좋다.
숫, 가락과 젖, 가락은 춤춘다.

아침은 안해로 시작되고
밤은 아내로 저문다.

잔잔한 그대 음성
기쁨 되고 위로 된다.

행복 짓는 그대가
나의 새벽 별, 소복히 비춘다.

휴(休).

Chaconne (Album ver.)
- Secret Garden

숲 속 오솔길 끝...

빛, 들어 따스하고...

포근히... 감싸준다.

어떤 날에는... 향한다.

자연히... 걸어간다.

가는 길, 공기 속...

그대 목소리...

숲 속, 걷는 누구든...

아름답게... 떨리운다.

전쟁과 평화

Contradanza
- Vanessa-Mae

빠른 속도로 활주하는 비행
내적 갈등과 반복되는 일상

아무 것도 자극 되지 않아
죽어 멈춘 반응 되어 산다.

내려 지는 인간 폭탄 파편
부딪 혀, 튀어 올라 살아 진다.

잠잠하여 가치로운 하루가
외적 평화와 내적 전쟁이...
상쇄하여 사라 진다.

피

Danny Boy
- James Galway

순결하게 피이고 싶었다.

꽃이 피듯 지금, 피인다.

거룩한 피 흘리운 자, 여.

피고 지고 뜨겁게 또, 피어난다.

사랑 리듬

Dreaming (feat. Nami Miyahara)
- FreeTEMPO

심장이 말한다. 조용히 걷자고 타일렀건만.
눈빛이 말한다. 들키지 말자고 다짐했건만.

손끝이 말한다. 심장의 떨림과 함께
몸을 타며 흐르는 그대의 환한 미소를.

시간은 멈추어 기억에 새겨진다.

드림

Dreaming (feat. Nami Miyahara)
- FreeTEMPO

하이얀 구름은 리듬을 타며 날고
드넓은 들판은 바람 리듬에 흔든다.

평행하게 선을 긋는 너의 마음은
하늘을 닮아 있어 여전히 푸르고

차가운 땅에 발 붙은 나는 너와는 다른
푸르른 들판에 입술을 대고 들썩인다.

날 선 너의 순결한 아름다움과 거룩은
또 다른 하늘의 네 속 향기나는 보석, 이어라.

에코

Echoes
- Pink Floyd

깊은 숲 속에 바람 불고
나 뭇 잎들은 숨을 쉰다.

숨은 소리 울리 우는데
듣는 사람은 찾을 수 없다.

보이지 않고, 들리 우지 않는데
있다. 피, 부로 안다.

모르면 묻는다.
풀리지 않는 이 의 문은 꼭 열린다.

현명(賢命)

Everyday
- 꽃잠 프로젝트

매일 賢命하게!

매일 賢明하게!

매일 顯名하지 않게!

매일 賢命과 함께 해... 住!

탈출

Exodus (Theme)
- Ernest Gold

끌려 나가고
밀려 들어오고
끊임 없이 이어진다.

쉼 없는 운행에는
늘 법이 있다.

법은 늘 자유하나
청지기는 구속된다.

마음 안 청지기는
탈출을 희망한다.

방(房)

Falling Slowly (With Marketa Irglova)
- Glen Hansard

창문 넘어 바다가 보이고
손 닿는 곳에 그가 없다.

비 우는 길가, 바람이 불고
마음 속, 찬 눈물이 흐른다.

피하고 싶어 온 방 안 창 속
손, 가락으로 그를 그리운다.

불, 그곳

Flaming
- 정성하

글 사랑한다.
그래서, 마음 태운다.
불 같이 화, 내고
꽃 같이 불, 운다.

그래, 안다.
그래서 가 는 거다.

같지만 다르고
함께지만 그리 운 길.

응, 원한다.
완주하여 기쁠 거다.

말

G9 - Paul Gilbert

바람 부는 푸른 들
휘파람 불려 입술을 오므렸다.

말 한 말이 나에게 돌아왔다.

깡마른 말 눈빛에서 아린 향이 난다.
지금, 곁에 서서 내 향을 맡는다.

어디 갔다 이제 왔어.
내가 널 얼마나 그렸는데.

Air Lift.

Gabriel's Oboe From
The Mission (영화 '미션')
- Ennio Morricone

죽을 만큼 큰 소리로 외쳐도 듣지 못한다.

마음으로 외쳐도 마찬가지다.

벌판에 덩그러니 누워 바람과 놀면, 이 보다는 나

을 텐데.

사랑하는 이를 두고... 저 멀리 가는 것을...

지켜보아야 하고... 선물도 건네 줄 수 없다는 것

이... 아프다...

눈 감고 싶어도... 깨어있어야 하는 것이... 괴롭다.

주여... 길을 열어주소서...

권투(勸投)

Gonna Fly Now
- Maynard Ferguson

두 눈으로 쏜다.
날라 서 던진다.
모든 것은 찰나에 일고
넋을 얻어 지혜를 인다.

두 손으로 감는다.
감기는 몸은 풀고
향기는 혼에 묻다.

묻은 그 향은 영원 하여
죽어 도 혼에 짙게 피다.

허락

Hang On Little Tomato
- Pink Martini

허락 없이는 안 된다.
금 넘어가면 떨어, 진다.

매, 달려도 소용 없다.
손길이 함께하면
발걸음 평행하다.

가을 황금 길 울려
조용히 걷는 발자욱은
낙엽이 바람하여
우수수 지워간다.

바래다, 준 별

Have You Ever Really Loved A Woman?
- Bryan Adams

빛은 색을 내고
색은 빛을 발한다.

푸른 색은 나고 자라
투명 빛, 그대 안 별이 된다.

시간은 빛의 색을 바래고
주는 별, 무색 한 향이 된다.

향 해가는 시, 선따라
눈 동자는 그대를 바란다.

History

History
- Yoshimata Ryo

피를 흘리며 걷는 아이가 있었다. 방 문 모서리에 발가락을 찢겨 벌어진 흰 살 점 사이로 붉은 그것이 샘 솟고 있었다. 소리도 지르지 않고 혼자 해결해 보려고 했지만 자꾸 닦아도 닦아도 흘러서 당황하게 되었다.

닦다 보면 멈출 줄 알았는데... 피는 눈물과 다르다는 것을 그 때 어렴풋이 알게 되었다.

I Ask Of You

I Ask Of You
- Anastacia

문을 열고 한 여자가 들어온다.

그녀를 따라 나의 모든 것이 움직이기 시작한다.

떨쳐 내려 하면 더 깊게 빠져 가만히 있는 것이 더
낫다.

마음 속에 담겨진 그녀는 내 안에 살게 되었고 나
의 일부가 되어 이제는 꺼낼 수 없게 되었다.

내가 물었다. "언제까지 여기, 사실 작정이세요?"

그러자, 그녀는 잠시 대답을 준비하는 듯하다가 옅
게 미소 지었다.

그리고는 내 눈을 지그시 응시하며 말했다. "그건 우
리에게 달렸죠." 짧은 대답 뒤에 그녀는 다시 걸었다.

나도 모르게 다리는 그녀를 향해 걷고 있었다. 마음은 마음을 달라고 말했고 입술은 가만히 있었으며 기분은 소풍을 가는 듯 반짝였다.

한 참을 이야기하며 걸으면서도 시간이 달리는 것을 알지 못했다. 그녀의 청량한 웃음 소리와 조용히 대꾸하는 말투가 날 웃게 했다. 잠깐의 침묵 사이, 행복하다는 생각이 불현듯 내 안에서 고개를 들었다. 그냥 같이 걷고 있을 뿐 이었는데 이런 생각이 나는 건, 참 재미있는 일이었다.

조용히 걷는 한 여자가 있었다. 하루, 하루를 죽은 듯 조용히 살아가는 것을 목표로 삼은 여자였다. 어느 날, 한 남자가 다가와 선 물었다. "언제까지 여기, 사실 작정이세요?" 그 여자는 그 남자의 마음을 알았다.

이유는 자세히 설명할 수는 없지만, 그건 나비가 꽃을 찾고 젖먹이 아기가 젖을 빠는 것처럼 자연스럽게 흘러가는 강물이었다. 아주 큰 공간에서 그녀는 들은 적이 있다. 누군가가 지나가며 속삭인 말을 그녀는 기억하고 있었던 것이다.

사실 그 자는 마이크에 대고 큰 소리로 외치고 있었는데 신기하게도 듣는 많은 이들 중에 서 있던 그녀가 알아 들을 수 있었다. 그건 텅 빈 목소리였고 작은 동전이라도 떨어뜨린다면 한 참 후 바닥에 부딪히는 소리가 들릴 것 같은 공허였다.

그녀도 그 공허를 담고 있어 슬며시 그 자에게 마음이 갔다. 그래서 그 남자가 물었을 때 그녀는 말했다. "그건 우리에게 달렸죠." 이렇게 말하고 나 선 당황한 건 그녀였다. 그녀는 상대 눈동자를 자세히 그리고 오래 관찰하는 것을 좋아한다. 그런데 그 때, 그의 눈을 응시하며 자신도 모르게 '우리'라는 단어를 써 버린 것이다.

또, 바보 같은 첫 질문에 그 같은 대답은 날 자극했다. 내 마음이 그녀를 향해 달리고 있었다. 그 길은 멀고 지루했지만, 충돌을 통해 하나가 되고 마찰을 통해 뜨거워진다는 것을 알아 오래 기다렸다. 수많은 확률 중 하나이지만 확신이 있었고 무엇보다 날 자극하여 반응을 이끌어낸 것에 충분한 가치를 느꼈다.

조금 더 설명하자면, 역치 이상의 자극은 날 번쩍 일으켰다. 이런 경우는 처음이라는 사실과 이 때 떠오른 '처음'이라는 단어는 설렘과 함께하여 날 들뜨게 했다. 신이 났다. 하늘을 걷는 듯한 기분에 기쁨은 얼굴에 그려졌다. 그 이후 육하원칙에 따라 날 서술하면 그녀는 필수가 되었고 고개 든 행복은 진행 되었다.

그녀는 당황한 자신을 들키지 않으려고 다시 서쪽으로 걸었다. 그녀는 서쪽을 참 좋아하는데, 이유는 간단명료하다. 태양이 늘 향하여 어둡지 않고, 색을 띤 꽃을 볼 수 있기 때문 이었다. 그녀는 해를 바라지만 항상 볼 수는 없었다. 방향이 같아도 속력이 다르면, 매 순간 함께 하지는 못하는 이치이다.

그에 따라 빛은 반 짝이게 되었고 매 일 모스 신호 처럼 이어지고 끊어지기를 반복하며 그 길이를 달리하였다. 흰 기다림과 그리움은 색 다른 반가움과 기쁨을 양산하니 그녀는 어둠 속에 서 감사하며 미소 지었다.

새벽을 기다리며 잠시 동행한 그 자를 떠 올렸다. 사실, 행복보다는 기쁨이 더 큰 가치를 가지는 것을 그녀는 깊이 알고 있었다. 그래서 그 자가 진행되는 행복과 함께 기쁨 또한 누리길 기도했다. 넘치는 기쁨이어야 나누어 질 수 있고, 참을 수 없는 말이 토 하듯 쏟아질 때 깊이 다다를 수 있기에 기쁨으로 좋은 소식을 기다렸다.

그 이후, 그녀를 볼 수는 없었지만 마음에 담긴 그녀의 향은 사라질 줄을 몰랐다. 그녀가 그리울 때면 코 끝을 킁킁 거리며 내 몸을 훑었다. 손목과 목 주위 등 맥박이 뛰는 곳에서 그녀를 찾으면 언제나 있었다. 주변 사람들은 더 쉽게, 달라진 내 향에 반응했다. 마음의 거리가 가까이 있는 사람일수록 일찍 알아차리고 물었다.

가리워진 그녀를 혼자만 알고, 누리고 싶은 마음이 있었지만 얼굴 빛이 이미 드러냈다. 새어나오는 빛이 주변을 환하게 하는 것을 어쩔 도리는 없다. 묻는 사람들에게는 답을 했지만 공감을 얻기는 힘들었다. 하지만 바로 그 점이 날 더 행복하게 했다.

그녀는 매일 목표를 생각하며 걸었다. 주변에 핀 꽃들이 세찬 바람에 흔들거리는 것을 보며 함께 흔들리기도 하고, 나비와 벌이 길을 물어 오면 알려주기도 했다. 길은 좁았지만 혼자 걷기에는 충분했다. 너무 행복하고 기뻤다. 이 길을 걸을 수 있다는 것에 끝없이 고마웠다.

행복과 기쁨은 넘치고 흘러 주위를 비추고 반사된 빛은 다시 어두워진 부위에 빛을 더하며 존재를 알게 했다. 내 안에 함께 하는 그대가 있다는 것은 부정할 수 없다. 차라리 나의 존재를 부정하는 것이 옳다.

3년이 흐르자, 그녀의 향기는 공기에 흩어지고 바람이 나누어 사라져 갔다. 내 마음은 점점 그녀를 그리기 시작했다. 다시 행복 하고 싶었다. 비가 오는 날, 선선한 느낌에 옷깃을 세우면서도 그녀의 얼굴을 떠 올렸고 하얀 꽃을 사 선 향을 맡으며 그녀를 찾았다.

수 없이 많은 꽃 들에게 물었지만 돌아오는 길은 항상 답, 답했다. 난 3번의 겨울을 보내며 알게 된 사실이 하나 있다. 그건, 겨울이 되면 하늘이 내려주는 눈꽃에서 나는 향이 그녀를 닮아 있었다는 것이다. 그래서 난 눈이 올 때면 동공이 확장되었고 내 숨결 속 그녀의 향기가 날 진동시켜 울림을 느꼈다.

펑펑 쏟아지는 차가운 울음은 물결을 일으키며 주변으로 퍼지고, 진폭이 작아지면 다시 쏟아지며 간헐적 현상은 겨울 내내 반복되었다.

I Love You For Sentimental Reasons

I Love You For Sentimental Reasons
- Laura Fygi

비가 천천히 오는 날, 한 여자가 둥글고 커다란, 희디흰 찻잔을 만지고 있다. 진한 색을 갖는 아메리카노의 향은 그리움을 닮아 아련하여도 없어지지 않고, 주변의 빈 공간을 채워 조금은 답답하였다. 눈은 사물을 보면서도 마음은 다른 곳에 있었다. 보면서도 인지 할 수 없다면 어디에 있는 건지... 묻는 자신을 발견하고는 다문 입을 길게 늘이며 그 양 끝을 올리었다.

세상이 아닌 한 남자의 안에 산다는 것은 신기하고 즐거운 일임을 알게 해 준 그... 를 떠올리는 것은 쉬웠다. 항상 그 곳에 있으니 이름을 부르기만 하면 되었다. 어떤 날에는 부르기도 전에 모습을 보여 그... 여자는 행복했다.

지금도 여자는 그 남자를 마음 속으로 외치고는 떠오르는 모습을 지그시 눈에 담고 있다. 매 순간 순간 눈에 담아도 모습이 조금이라도 사라질까 조바심을 냈다. 사라지면 기억하면 되지만 여자는 그다지 기억력이 좋지 못했다.

그래서 더 자주 그를 부르고 또, 불렀다. 그 때마다 나타나 주는 그가 그녀는 고마웠다. 여자는 자신의 망각력에도 감사했는데 만약, 기억력이 좋았다면 오래 오래 그를 떠올리지 않았을 꺼라 생각했기 때문이었다.

그러면서 문뜩, 지금 이 순간에 머물 수 있다면 좋을 것 같다고 속으로 읊조렸다. 시간의 방향을 바꿀 수는 없지만 속력을 조금은 조절할 수는 있으니 정말 다행 이였다. 여자는 자신의 행복한 시간은 천천히, 고통의 시간은 빠르게, 기쁨의 시간은 원래대로 두었다.

누군가에게는 이 여자의 시간 조절 능력이 비범하

게 생각 되겠지만 자각하지 못할 뿐 모든 사람이 다 가진 능력이었다. 설명을 조금 하자면, 시간은 길이를 줄이면 향이 진해지고 늘이면 향이 옅어진다. 따라서 행복한 시간은 늘이면 옅어져 잘 느낄 수 없게 되고 고통의 시간은 줄이면 진해져 더 깊게 느끼게 되었다.

기쁨의 시간 만큼은 여자에게 가장 중요하면서도 의미가 있는 시간 이였다. 그래서 그 자신조차도 배제하여 그 시간을 조용히 숨 죽이며 따라갔다.

천천히 내리던 비는 천천히 줄어들고 있었고 길 건너에는 푸른 빛의 신호를 기다리며 한 남자가 멈추어 서 있었다.

예쁜 마음씨

I Wish You Love
- Lisa Ono

마음, 어느 곳에 있는 예쁜 마음씨

잠시 곁을 머문 네 흰 마음에 담겨

가끔 불어 오는 비, 내리는 바람에

어여쁘게도 숨을 들이 내쉬는고나.

피리

I
- 양강석

꼭꼭, 숨을 너어야
소리난다.

바람 아닌 숨, 이어야
살아난다.

말, 아닌 숨으로
필히 넌, 말해낸다.

한숨 아닌 눈빛으로
여기, 서 숨 쉰다.

세포

If I Were A Bell
- Miles Davis

처음에는 하나가 전체가 되고
나중에는 전체가 하나가 된다.

힘을 따라 가르고 주변 따라 바뀌어
전부 다른 주어진 생의 길을 걷는다.

길을 따라 흐르는 핏물은 끊임 없이
그대 따라 나누고 받으며 명 다하고

섬세하고 우아한 몸짓으로 세상에는
없는 그대 마음 속 보석으로 영글다.

I'm Confessin'

I'm Confessin' (That I Love You)
- Thelonious Monk

hear

think

feel

miss

find

need

believe

want

Have

Love

touch

Am.

나와 너 사이에는 Words가 있다.
우리는 Words를 通 해야만 한다.

무궁하자!
섬세한 아름다움으로...

무한(無恨)

Infinity
- Mariah Carey

참 있는 영원
잊는 이 여유

점점 찍어 대며 선을 이루고
직직 그어 대며 직면 하여도

덧 없는 유한
참는 이 찰나

공간 채워 가며
날을 보내 나는

기다리는 무한의 시간
맨 정신으로 오르리라.

Air

Jane Eyre (제인 에어) - The Jane Eyre Theme
- The City Of Prague Philharmonic Orchestra

오래 머물지 않고 자유 로우며
어디든 가나 경계가 있다.

지구 안에 있으나 보이지 않고
느낄 수 있으나 줄곧 망각된다.

벗어나면 죽음을 얻을 수 있고
막히거나 묶이면 반드시 죽는다.

시, 집

빛이 비친 해변

Jasper (Good Night My Little Boy)
- Matthew Cornell

파도 따라 생긴 무늬 위로

끊임 없이 그대 머리 결이 일렁 이고

찰랑 이는 나의 마음 위로

틀임 없는 그대 숨결 내리 인다.

안도 밖도 여기 저기 살아 꿈틀 대는

살랑 이는 너의 사랑 아래로

틀림 없이 다시 너는 내리고

빗물 더해 지는 지는 태양 위로

끊임 없는 그대 마음 내리 운다.

눈이 부신 날

Jesus To A Child
- George Michael

눈이 부신 날에는

눈을 감아도... 눈물 겹다...

마음에 닿는 그대 숨결...

볼을 간질이는 그대 맥박...

나의 손 끝... 그대 심장...

그대 안 그대가 되어

나를 향유하는 날...

눈을 감아주어도 좋다...

수화기

Keep You Kimi
- Hird

말 없이 듣고만 있다.
실 토할 때 까지 기다려 본다.
말 문이 막혀 나, 가지 못한다.

깊은 그 곳에서 뜨겁게 역류한다.
침 삼켜 막아 본 들 천천히 흐른다.

S... wing...

Kiss Me
- Sixpence None The Richer

꽃이 바람의 유혹에 흔들린다.
나비가 꽃에 휘청인다.

나무는 꽃과 나비를 응시하며,
나뭇잎으로 파르르 화답한다.

切開(절개)의 기지로 갖은 애(愛)를 써보아도...
이미 난 춤을 추고 있다.

호~ 흡!(好吸)

Kiss Me
- Sixpence None The Richer

숲 속의 좋은 空.氣.(공기)는
너의 숨을 噯... 운다.

너의 숨... 그 숨은 나누면,
내가 된다.

어디든... 서(西) 길 원하는 곳에
너의 좋은 숨을 주...라.

그... 곳은 네 것이 되고,
너는 내 것이 된다.

하늘

La Campanella (라 캄파넬라)
- David Garrett

늘, 바라 볼 때는 반듯이 눕는다.

수직을 이룬 시선과 수평을 이룬 전신

구름은 속력과 방향을 붓 끝에 담아

하늘색 배경의 그림을 그려 간다.

종

La Campanella (라 캄파넬라)
- David Garrett

청량한 종 소리... 옥 구슬 흐르며
청명히 발 한다.

멀리 서, 놀라 경기 하고 두들겨 온 몸으로 맞는다.

동시에 빠져 들고 울리어 달랜다.
주고 받는 신호가 조화로이 어우러 지다.

진실

La Vita E Bella
- Cinema Serenade Ensemble

사실, 은 하늘은 고른 바다.
조금 높이 떠 다니며 골, 고루 나눈다.

가뭄에는 단비를, 홍수에는 가뭄을
최선을 다 해, 머문다.

두둥, 실실 최선을 다 해도
여, 전한 홍수와 가뭄 들 그래도 좋다.

나그네는 지금 밝은 하늘로 떠, 난다.

梛... 無... (나... 무...)

Last carnival
- Acoustic Cafe

꽃은 땅에 뿌리를 두는 너에게 기대어
그 생을 다하여 열매를 남긴다.

그 열매는 누구에게든 달다.
열매는 씨를 내리고 땅은 담는다.

씨는 다시 땅과 싸워 네가 된다.

梛... 比...여...

우리의 시간은 유한하고,
꽃은 명령을 지킬 뿐이다.

꽃은 나비를 따를 수 없고,
사랑의 시작으로 그대를 바라본다.

여명

main Title: Love Theme (여명의 눈동자)
- 최경식

새벽은 아 쉽다.

짧아 빠른 박자와 극단적 변조로

순식간에 달아 난다.

남은 숨 몰아 쉬며

마음 속에 담아 두고

두고 두고 펼쳐 낸다.

초, 저녁 황혼이 오면

비, 단색 여 운으로

그대 목소리 떠, 올린다.

Main Title:
Love Theme 여명의 눈동자

main Title: Love Theme (여명의 눈동자)
- 최경식

그 여자는 그 사람을 사랑해서 자신의 모든 것을 내 주었다. 꽤 긴 시간 동안 그 사람이 받고 행복하게 웃는 모습을 보기 위해 자신이 야위어 가는 줄도 모르고 주었다.

그 여자가 어느 밤, 병이 들게 되어 더 이상 줄 수 없자 그 사람은 다른 여자를 찾았다. 그리고는 그 여자에게 이별을 요구 했다. 문득, 여자는 깨닫게 되었다.

자신이 참으로 어리석고 또, 이별을 요구하는 지금이 자신의 새벽임을...

춤,

Manha De Carnaval-Eurydice (From "Orfeu Negro")
- Antonio Carlos Jobim

바람 따라 두 손이 움직인다.
글을 따라 손 끝이 진동한다.

빠르게 움직인 내 안에서 바람이 일고
영원의 시간은 그 안에서 물결이 인다.

호수 곁을 맴 돌며 조용히 내려 놓으면...
지난 추억, 바람 타고 멀리 멀리 사라진다.

백사장

Manha De Carnaval
- Toots Thielemans

파도가 다가 오면 물러 나고
파도가 달아 나면 다가 간다.

마침내 우리, 선 아래
아름다운 곡, 선 된다.

부들 부들 매끄럽게 내려 긋는
그대 위로 부 드러운 파도 덮이고
멀어 지는 태양 위로 물결 덮이운다.

돈

Mas Que Nada (Mah-Sh Keh Nah-Da)
(feat. The Black Eyed Peas)
- Sergio Mendes

숫자가 적힌 종이

동그란 작은 주물

통장에 찍힌 숫자

네모난 자기 태잎, 이

최고된 값싼 만능

목숨을 잡은 담보

누구의 최후 존심

세상을 삼킨 주인 이.

세... 월(越)

Moanin'
- Art Blakey, The Jazz Messengers

차갑다. 빛을 반사하며 윤이 난다.

빛을 안에 담아야 하는 것을...

빛이 비치는 곳만 겨우... 보인다.

밤 속 그들은 해로, 알겠지...

그들이 더 큰 달임을 깨닫지 못한 채...

으앙.

My Favorite Things
- 제이레빗

쫑알쫑알
잘도말해
오물오물
잘도먹어
반짝반짝
눈도말해

나는나는
어쩜좋니
꼬물꼬물
널사랑해

아장아장
울집대장

으앙.

잘린 꽃

Nord Plue
- 노드 플루

잠시 그, 기쁨 위해
몸이 잘린 넌 웃는다.

눈 부서, 맺힌 물로
장식한 억지 웃음

아파하며 도도히 미소 짓는다.

그 무엇도... 그 누구도... 언제든...
서, 너의 향기에 취해본다.

창

Nord Plue
- 노드 플루

좁은 방 안에 작은 창은
십자가를 바닥에 내리고

동그란 빛의 달은
마음에 무늬를 새기어
깊은 상처에 약을 바르고

이 이는
뉘어진 몸과 마른 마음에
단비를 내리어 적.시.다.

그대...

Now And Forever
- 조정희

나에게 다시 밤이 찾아오거든...

그대를 찾을 수 있도록...

달이 아닌 별이 되어 주오...

그대...

내가 깨어 그대만 바라볼 수 있도록...

서쪽으로 걷게 해 주오...

매순간 그대를 볼 수 있도록 눈을 감아 주오...

매순간 그대를 들을 수 있도록 믿음을 주오...

매순간 우리를 취할 수 있도록 해...주오...

하늘과 바다

Oh Happy Day
- Achordion

늘, 기다린다.

늘 길, 다리다
하, 늘 보고 안으로 외친다.
바다가 있어서
향, 하는 길이야.

이제는 작고 숨겨진
나만의 오솔길로 걸어
향, 할 꺼야.

숨, 어서 숨 나누는
너, 울이 될꺼야.

새, 벽

Ondine
- Yuhki Kuramoto

점 점, 선이 되고
이윽고 면이 된다.

수 많은 면이 모여
차 원의 벽이 된다.

납작한 구슬 구르고
멈추어 합 체한다.

구슬은 다, 시 점이 된다.

폭발

Ondine
- Yuhki Kuramoto

참다, 보면 폭발한다.
부글, 부글 속끓이다

주르륵 주르륵 타고 흐른다.
참아도 참아도 넘쳐 흐른다.

그냥 두어 본다.
멈출 것을 알기에...

고인, 이 눈물은 마르지 않아
닦아야 하고 훔쳐야 한다.

살 아, 있음으로...

溫... 茶... 仁...
(온... 다.. 인..)

Ondine (Simple ver.)
- Yuhki Kuramoto

그대를 만나... 사랑하는 법을 배웠다.

너무 기뻐... 나를 주...는 사랑을 했다.

내가 주!리라 마음 먹은 어린 아이같이...

난 어리... 썩었다.

기다려 주...는 것도...

사랑, 법을 알려 주...는 것도...

사랑을 받아 주...는 것도...

늘 함께하여 주...는 것도...

놓아... 보내주...는... 것도...

주...는 그 것임을 난 알지 못했다.

마냥, 나만의 이기적인 4랑...

내가 죽어도 좋을 4랑을 했다...

내 안의 빛이 꺼지는 걸 모르고 다 소진해... 버린...
어느 날... 비어... 버린, 손을 한 참이나 바라보다...
그가 날 등...졌다.

날을 버리면 서...까지 사랑한 그가 날 버렸다.

지구와 달 사이만큼 거리를 두었어야 했는데...
난 仁.止(인.지)하지 못했고...
4랑해서 더 가까이 가려다 날... 태웠다.

뜨거워... 비명 지르며 심, 해...로 추락하게 됐고,
주변은 무거운 침묵이 흐르는 암흑천지였다...

달님과 함께... 햇님을 기다리며... 맹목적 외침으로...
그믐, 깊은 숲 속... 빛, 줄기가 되었다...

영원

One I Love
- Meav

그대가 먼저 문을 두드렸다.

선물은 먼저 보내어 질 때...

영원할 수 있고 마음에 남기어 진다.

0 원 이어야 가치를 가지는...

보이지 않아야 가치를 가지는...

날을 매, 달아 울린다.

손에 쥐어진 현재처럼 그대는

영원 한 기쁨이고 행, 복된 소식 임을...

목숨과 같은 사랑

One I Love
- Meav

들고 나는 흐름의 결로
뜨거운 혼을 식혀 두고
터지지 않게 부여 잡아
멈추지 못한 사랑 뱉는다.

P, art. (일부)

Part: Spiegel Im Spiegel
- Spiegel Im Spiegel
- Lisa Batiashvili

독, 창보다 중창
중, 창보다 합, 창
울림이다 르고
감동이다 르다.

합창은,
독창의 모음이고
울음의 모임이다.

작은 소리 들 모여
수줍게 핀 화음되고
다 시 일부 된다.

이슬

Q
- Emily Bear

아침이 눈 아파 미간이 구겨지고
손 들어 눈 앞을 까마득히 가린 날

물로 씻어 드러난 네 하얀 입술로 날
깨 물어 눈 앞을 화려하게 밝힌 널

칼날이 선 파란 서슬로 상처없이
물 들어 넌 옆에 자연스레 눕는 날

새벽이 찬 눈물로 소리없이 서는 날
소리쳐 목 놓아 조심스레 덮는 널

자전

Q
- It Hugs Back

스스로 쉼 없이 도는 힘
남아, 도는 공기 돌려
바람을 일으킨다.

힘은 바람과 같아
知, 세우면 느껴진다.

知, 속 적 현 세상에
바람만이 말 해준다.
知, 치지 않고 나누고 있음을.

Here

Rainbow Bridge
- Steve Barakatt

어떤 곡, 도 들리지 않고
어떤 음, 도 의미 없이 걸어왔다.

어떤 날, 사뿐히 내려 앉은 너로 인해
난... 그의 음이 되었다.

함께 듣는 너, 울이
나의 모든 노래가 네가 되었다.

Rainbow Bridge

Rainbow Bridge
- Steve Barakatt

일곱 빛깔 다리 건너

하나 되어 위로 솟고

구름 되어 바람 되어

여기 저기 산들 산들

느린 걸음 쉬어 가며

시나 브로 거닐 다가

타는 가슴 만나 거든

비가 되어 눈이 되어

더운 가슴 위로 하고

투명 하여 그대 마음

기쁨 으로 기뻐 하리.

수 (represent)

Represent (feat. Chieko Kinbara)
- DJ Okawari

그대 살갗 보드라워

나를 모두 던져도

상처 없이 날 감는다.

힘껏 그대 안 물결 일어도

그대로 언제나 고요하다.

거룩하고 자유한 이 시간이

멈추길 간절히 기도 해도

주어진 시간 속, 미소만이 떠 오른다.

가을

Represent (feat. Chieko Kinbara)
- DJ Okawari

그녀 눈 속 별은 빛이고
그는 눈 속 물로 빚는다.

구름 안 속 물은 산란하여 흩어지고
푸른 별 빛 바다 찬란하여 눈부시다.

... 가
... 을
황금의 물결은 바람하여 파도치고
하이얀 구름은 바람하여 흘러간다.

시, 집

Flow in you...

River Flows In You
- Yiruma

바다와 하늘은 4랑하는 4이입니다.

그들은... 세상도 4랑하는 4이...

지금, 수평선에서 만나... 이들...은...

세상을 위...로 합니다.

세상을 위해 그들은 항상 지평선을 매... 달립니다.

그들은... 세상, 빛이 하나되기 함, ...께 기다립니다.

거룩한 새 사랑의 결실을 얻기 위함입니다.

하늘은 바다를 4랑하고...

바다도 하늘에게 그러합니다.

좋은 것이... 하늘에서 여기로 내리는 이유입니다.

주는 자가 진정한 승리자임을... 아는 하늘!
그리고... 보이지 않는, 사랑을 주는 바다!
그 둘은 하나...입니다.

오늘 지금, 여기에는 비가 옵니다...

다가오는 지금도... 그대의 눈, 꽃이 여기로 사뿐히
내리길... 항상 기도 해... 봅니다!

꽃길

Samba De Uma Nota So (One Note Samba)
- Antonio Carlos Jobim

원이 놓여 진 갈래, 길.

흔들리는 굴 속 사막, 꽃.

불꽃 넘어 내 쉬는 숨, 길.

길이길이 멈추어 가, 길.

옷

Satie: Gumnopedie No.1
- Chris Glassfield

모두 보이기에... 죄가 많아...
가리도록... 옷 주어 지고
옷, 속을 감싸 안아 눈 가리운다.

속을 까봐, 못한 것을 장식해서
위로하고 잠시 잊어 서 감춘다.

잊어도... 안 보여도...
그대는 언제나 내 마음 속에서
외치어 우리를 깨우고 그대 향에
도 취하여 내 곁 그 향이 된다.

자전거

Second First Date (feat. Ritha K)
(Bonus Track From Jazz Set)
- 디제이 아키 (DJ AKI)

내리막길, 두 다리 쭉 내밀어 공중을 휘이 휘이
바람 가르고 머리칼은 애를 쓰며 춤을 추어대다.

심장은 빠른 박자로 힘차게 뛰어 눈빛을 더욱 빛내고,
하늘로 곧게 솟은 뭉게 구름은 그대에게로 가는 지
름길이길.

Lip chew

Send In The Clowns
- Andre Rieu

달으다. 바람과 같이.
깨문다. 불꽃과 같이.
바란다. 영원과 같이.

산, 행.

Smetana: Ma Vlast (My Country)
- II. Vltava (The Moldau)
- Antal Dorati

백 색 구름이 곁을 지나...
저리로 간다.

잡을 새도 없이 금새... 간다.
바람이, 사람이 부르며 간다.

만 색 구름아.
나, 너에게 간다.
실오라기 조차, 걸치지 않고.

피(皮)

Smetana: Ma Vlast (My Country)
- II. Vltava (The Moldau)
- Antal Dorati

시, 원한 바람 맞으며 씩씩 걷는
발, 가락 틈 사이로 피가 영근
붉은 꽃 피우며 미소 짓는

깊은 곳, 어딘가에 피어난 너.

외면 하면 내면서 자라
나의 손, 가락 매만진다.

봄

Spring I Love You Best
- 빅 베이비 드라이버

매일 봐도 새로 운

움츠린 만큼 나아간

겨우 내 기다린 만큼

다, 다르다.

이르지만 이르러

빛 따라 걸어, 온 기만큼

펼쳐 낸다.

봄, 보고 또 본 들

그리고 그리워도

가장, 싱그럽다.

Soul mate.

Takin' It Slow
- Toki Asako

다른 시선
같은 공간

다른 표현
같은 단어

다른 보폭
같은 방향

다른 음성
같은 울림

닮은 사람
똑똑 똑똑,
같은 우리.

Cafe

The Girl From Ipanema (With Stan Getz)
- Joao Gilberto

옆에 앉아 마신다.
은행 나무 지난 바람이
내리는 낙엽 보며 들인다.

커피 내려 진한 향과
곁에 있어 진한 향기
아찔 하고 혼미 하다.

익숙 해진 너의 내음
가을 빛색 물들 인다.

옆방 여자

The Girl Next Door
- Pat Metheny Group

짙은 발 달린 문은 두드려도 대답 없다,

들려 오는 낯선 소음 조용히 대답 한다.

타 소리에 움츠리고 멈추어 소리를 보는

낯선 그녀의 익숙한 모습은 나에게 이제 그림이 된다.

매연

The Look Of Love
- Dusty Springfield

자 욱한 담배 연기가 아득하고
여 전한 너의 연기가 어리운다.

매 일의 연기는 내 일이 되고
연 이은 고통이 일 상이 된다.

먼 지들 날리는 네 숨들 걸러
먼 봄볕 꽃가루 숨 이어 진다.

누런 어둠

Twilight (黃昏)
- Oshio Kotaro

황혼은 끝이 다른 먼지...

신들의 황혼은 薄明의 기쁨이...

황혼은 시간을 나눈다...

새벽은 두 이해의 시작...

여명은 나를 부순다...

이제, 밤은 추락하고... 별은 자욱하게 진다...

황혼과 새벽은 죽은 이들에게,

Alpha와 omega처럼 다름에도 같다...

남자(男子)와 여자(女子)

Um Homme Et Une Femme (Chant)
- Francis Lai

눈을 깜.박하면 껌.벅.

코를 발.름하면 벌.름.

혀를 날.름하면 널.름.

손은 따.듯하면 따.뜻.

귀는 딩.동해야 떵.동.

심장은 콩쾅, 쿵쾅...

ROSaceae

Um Homme Et Une Femme (Chant)
- Francis Lai

벗... 꽃... 벗... 다...

생은 벚꽃의 생처럼... 제한, 적.

벗은 생활의 꽃처럼... 필수, 적.

벗... 꽃... 벗... 多... 예술, 적.

금천

Unforgettable
- Nat King Cole

크게 같고

점점 담고

금빛 내가

흘러 간다.

하나 알음

알음 다워

적빛 네가

잊혀 간다.

풍선

Up With End Credits
- Michael Giacchino

알록 달록 네색 풍선 들이
하늘 하늘 무색 바람 타고
멀리 멀리 하늘 길을 따라
나풀 나풀 고분 고분 걷고

금실 은실 어깨 춤은
풀잎 따라 구름 따라
사뿐 사뿐 나비 인다.

깔끔, 깔끔

Vem Vet
- Lisa Ekdahl

매끄럽지 못한 그가 살갗에 닿는다.
생각없이 뱉는 무심이 자꾸 따끔하다.

혀 속 깔끔깔끔한 바늘은 모르게 삼킨다.
나 아닌 그대, 사랑하므로 상처없이 아문다.

나, 그대에게 껄끔한 상처로 남아, 진다.

S... n^{ow}...

Vivaldi: Concerto For Violin Op.8
'The Four Seasons' No.4 In F Major 'Winter'
-I. Allegro Non Molto (비발디: 사계 중 '겨울'- 1악장)
- Various Artists

남자가... 여자를 더... 사랑하면...
비가 내린다...

겨울 되면 눈, 꽃 되어 내린다...

소... 복히 내린 사랑, 바라보면...
행복한 이... you...

눈꽃이 모두 다르나, 같아 보이는 것은...
온전히 너를 위... 로 한다.

눈 보 라

Vivaldi: Concerto For Violin Op.8
'The Four Seasons' No.4 In F Major 'Winter'
-I. Allegro Non Molto (비발디: 사계 중 '겨울'- 1악장)
- Various Artists

오르고 흐르고 내린다.

미친 듯 긋고 요동한다.

보이지 않아 감고 조이며, 여민다.

찾아 온 꽃 들은 창 문 두드려

소리를 내고 다시 떠, 날다.

법에 따른 그대는

변치 않는 하나의 꽃으로

거룩 하고 은 은하게 피어 오른다.

산, 책

Walking In The Air
- Chloe Agnew

길로... 침묵으로 걷고 있었다...
어느, 날 갑...자기 소나기가 내렸다.

우산 없이 온 몸으로 맞이할 수 밖에 없었다.
이 또한, 지나가리라... 믿음으로 그를 즐겼다.

그는 바람에 의지해 속도를 달리하며...
온 몸을 구.석.구.석. 적, 시었다.

시나브로, 꽃잎이 젖어지기를 기도했건만...
항상 그렇듯... 난, 내 것이 아니었다.

Whispering Eyes

Whispering Eyes
- Nakamura Yuriko

해가 바다 위에 아슬 아슬 걸려 있던 늦은 오후, 차가운 바람을 온 몸으로 타면서 우리 둘은 빠른 걸음으로 바다 곁에 있었어. 양 볼과 손 끝은 차가웠지만, 마음이 따뜻 해 져오는 것이 느껴졌어. 넌 내가 들려주는 음악과 음악에 맞춰 춤 추며 걷는 날 바라보고는 눈을 반짝이며 웃었어.

길 끝에 닿을 때 쯤, 하늘이 빨갛게 익어버려서 우리는 놀란 눈으로 서로를 보고는 곧바로 먼 바다와 하늘의 경계에서 한참을 머물렀어. 말로는 설명이 되지 않는 것이 여기, 지금 바로 우리 앞에 있다는 것을 알게 된 순간이였어.

타는 노을

Whispering Eyes
- Nakamura Yuriko

흩 뿌려져 피는 붉은 꽃은
까맣게 잊혀진 별을 닮아 지고

지면 위로 솟은 주황 꽃은
하얗게 드러난 너를 닮아 보이다.

하늘 위로 걷는 나의 꽃은
맑디 맑은 그대 路의 그대 여라.

사랑値(치)

Whispering Eyes
- Nakamura Yuriko

깊은 사랑을 나도 모르게 하곤 한다.

그러다 깊게 패이면 조용히 담아 낸다.

내리는 것과 흐르는 것은 맺히다가

패인 곳에 결을 따라 담겨 지고

바람의 흐름에 희미하게 사라진다.

닮은 달.

Wishes (Le Couple ver.)
- Fujita Emi

해를 따라 걷는

걸음 재촉 해도

지는 해를 본다.

나를 따라 걷는

달은 해가 지면

해가 비친 날 본다.

달, 문 달아.

나는 해를

너는 날을, 사랑한다.

시.집.

Y'a Tant D'amour 사랑은 가득히 (영화 - 마흠)
- Various Artists

시집 가기 전에 시집을 맺어...
그대에게 주리라.

내 손으로 한 글자 한 글자 새겨
내 눈으로 찍은 모습 들...과
내 손으로 주리라.

시인은 무명씨로...
시가 기억되게 하리라.

고이고이 간직한 내 마음...
한 땀 한 땀 한 구슬 한 구슬
알알이 살포시 주리라.

주...는 기쁨, 입술로 누비며...

장렬히 눈 감고...

세상 속... 향초가 되리라.

yell, low

Yellow
- Judson Mancebo

낮게 외치는 남이

높이 외치는 여와

함께 외치는 노래

파란 파장 진폭이 다, 달아

엉금 뒤뚱 아장 걸어

두 팔 벌려 다가 간다.

넘어 지고 서, 둘러 지나

다시 서서 서로 향, 해 걷는다.

눈, 보라.

Yesterday When I Was Young (가버린 청춘)
- Unknown

빈 눈, 들어 바라보니 희다.

깊이... 감으로 입, 체 감한다.

시야 좁혀 가면, 백 꽃이 꽂힌다.

음, 파도 타면서 보라.

눈 들어 지난 자욱 들을.

그, 대

Young Man's Fancy
- George Winston

그대 떠나... 손 끝 아리, 우고
곁에 있어... 마음 속 그리, 운다.

오고 가는... 시간들이...
가까이 있어... 차가운 그대가...
죽은 듯... 조용히 떨리, 운다.

조금씩 조금씩... 그대로, 그대로...
지금, 여기가... 울리, 운다.

Wild life...

Zoe
- Eugene Friesen

나무보다는 꽃이... 좋고
꽃보다는 열매가... 좋고
열매보다는 씨가... 좋다.

사막보다는 초원이... 좋고
초원보다는 숲이... 좋고
숲보다는 바다가... 좋다.

바다보다는 하늘이... 좋고,
하늘보다는 그대가... 좋다.

솔

Zorbas (Zorbas The Greek) (inst.)
- Mikis Theodorakis

부풀며 소리낸다.

무슨 소리, 인지 알 수 없다.

떨며, 내보내고 다시 빨아서 들인다.

물결처럼 울렁이는 흰 가락이

속, 속 들이 들어 간다.

죽은 듯 하다, 가도 다시 일렁인다.

보물

기적의 시간
- 이념

네 눈 속 별은 거울처럼 날 비추어
내 맘 속 별이 태양처럼 널 감싸고

다가오는 그대 안은 뜨거운 입술 위
소리나는 침묵 속에 차거운 상처 안는다.

주, 금.

너의 마음속엔 강이 흐른다
(River Flows In You) (feat, Ruvin)
- Yiruma

간절히 원한다.

지금, 바로 지금 그대이기를 원한다.

내 마음 속에서 바로 나와

날 안아 달라고 울어 본다.

발걸음 더디다고 뛰어 와 달라고

속으로 수만 번 외쳐도...

그대여... 그대여... 그대, 여...

눈동자

너의 마음속엔 강이 흐른다
(River Flows In You) (feat. Ruvin)
- Yiruma

또르르 방울 흐르고
겨우내 참았던 내가 흐른다.

네 눈동자, 마주 선 공간의 경계
시간 멈추어 서로 나눈다.

멈추어, 버린 시간과 날 가둔 공간
바다로 흘러 어둔 밤, 네가 비친 내가 된다.

시, 집

글씨

THE VERY BEST OF YIRUMA
YIRUMA
&PIANO

너의 마음속엔 강이 흐른다
(River Flows In You) (feat. Ruvin)

- Yiruma

글은 씨가 되고 마음에 새기어 진다.

기억은 망각에 다 다르고

씨는 변형되어 다 다르다.

씨는 자신을 버려 내어 맡길 때

비로소 참 다 운 자신을 알게 되고

참된 숨결따라 유유히 흐르게 된다.

지금도 시간 따라 순순히 흘러...

그대에게 다 달으면 촉촉이 흐르는

그대 안 힘찬 물결이 된다.

별

너의 마음속엔 강이 흐른다
(River Flows In You) (feat. Ruvin)
- Yiruma

검은 바다 가득 별은 흩어 지고
아름 다운 너의 입술 꽃이 되고

바라여 바라 본 너의 별은 영원하여
무한한 시간 속 나의 눈빛, 눈빛.

차가웁고 희디흰 바다가 달 빛에
따스하게 밤을 담은 세상을 가리우면
얼음 꽃 핀 포근한 향기로 널 안으리.

우물

동경(憧憬)
- 조동익

새털 구름이 촘촘히 수 놓인
하늘 모습이 마음에 떠 가다

두레박으로 한 웅큼 떠 올려
나그네의 더운 숨 돌리 우고

저 동산 넘어 가는 구름따라
바람 타고 오르어 닿는 다면
더 이상 울지 않아도 되런만.

감각(感覺)

라흐마니노프: 피아노 협주곡 2번 C단조 Op.18
- 제1악장 (With Sado Yutaka)
- Nobuyuki Tsujii

벗겨진 피부 사이로 흰 뼈가 드러나
선홍빛 피가 흐르니 눈 빛이 흔들린다.

빗겨난 너의 감각은 오만을 드러내고
검붉은 자락 감기어 편견을 빚어낸다.

보고도 듣고도 느끼고도 땅에 뿌리 내려
들리지 못한 채 적의 가득한 슬픔이 된다.

암흑

불안한 잠
- 달파란

몸이 녹아 스르륵 스륵 바닥 스며
눈이 녹아 어른 어른 어른 거리고

톱 들 흔들 흔들 흔들 움직 거려
핏 속 검은 연기 흐르듯 몸을 타.

혀 굴리면 더러운 숨 뿜어 퍼지고
칼은 끝이 갈라 지어 거칠게 뽑혀.

매일 아침 빛, 머리 위 내려 감싸도
죽은 듯 죽게 되기를 간절히 원한

죽은 나 열 두 번 살아 죽어, 죽어도
다시 귀 열리고 살아 진 그대, 그대.

봄. 봄.

쁘아쁘 (Peu A Peu)
- peppermoon

.
.
.

바라... 봄.

여름, 마음 열음.

가을, ...가 ...을

겨울, ...겨워... 울음.

여름, 마음 열음.

가을, ...가 ...을

겨울, ...겨워... 울림.

先生

쁘아쁘 (Peu A Peu)
- peppermoon

작고 약하고 무지한
모든 움직임에 눈 머물고
네 울음에 귀 멀다.

아장 아장 크게 웃고
어른 거려 강한 울음
우리 모두 깨우 친다.

우리 아가 우리 아기
보다, 더 작약하고 무지한 걸.

물 방울

아름다운 추억
- Unknown

처마 끝 가득 찬 물 방울 떨어져
흙 적시우고 목 마른 글 살리운다.

비 옥한 땅 품은 씨는 묻히고 덮혀
그대의 입술 따라 생의 뿌리가 되고

시간 곧 목의 숨이 되어 쉼 없이
그대를 바라고 또 바란다.

결국 씨 앗은 산 자, 시간이 된 들 허송하고

그 시간 마저 없어 지면 살아도 죽어
비 오는 그... 날까지 말라 간다.

안개 낀 아침

오만과 편견 (Pride And Prejudice)
- Dawn/Georgiana
- Rob Barron

앞을 볼 수 없는 길을 따라
걷는 자, 유한 발길 속에
그대 향한 그리움이 흘러

깊고 흰 어둠 속 구속 없이
위로 솟아 그대 속 그대, 여라.

크고 넓은 무한의 그대 품은
고난의 미로 속 사랑 이르면

내 사랑, 내 전부
찰나의 이별 속 아픔 이어라.

달빛 소나타

오만과 편견 (Pride And Prejudice)
- Dawn/Georgiana
- Rob Barron

두 팔 벌려 사뿐히 걷는다.
조르르 조르르르
흐르는 냇물 소리가 음악이 되고
보름의 달빛이 조명이 된다.

잔잔한 수면 위 너의 모습은
적은 나를 비추어 그리움이 되고
바람 따라 흔들리는 갈대 숲은
어지럽게 나부끼는 내가 된다.

빙그르 빙그르르
몸을 돌리며 앞으로 나아가
더 할 수 없는 네 곁 그림자가 되어도
아름답게 미 소진 널 안은 꽃 이어라.

창공

제주도 푸른밤
- The Piano

손바닥 만한 창 안에 나는
침묵 하지 못하는 신 세로
소리 내지 않으며 날 으다

좁은 길로 걸으며
너른 땅을 누비다

산 넘고
강 건너
제주 로
이 르러
울 리라.

한(恨)

천년학 (대금)
- 박용호

그렁그렁 마음에 물이 맺혀 지면
항아리에 자작히 모여 채워 지고

어딘가가 막혀서 나가지 못 하면
마침내는 두 구멍으로 솟아 나더라.

소리하며 흐르다가 입을 틀어 쥐면
들썩들썩 한이 맺힌 가슴 흔들리고

어리고 어리석은 자 원망하여 본들
어쩌지 못하는 신세 한탄 시름들도

한 겨울 문뜩, 다가 온 눈 감기는 날
돌아 보면 스치는 작은 골짝 이더라.

비창(悲愴)

천년학 (대금)
- 박용호

미쁜 마음에 사랑하여도
노예 처럼 쓰여지더이다.

'아프다' 말 못하고
'버릴까' 마음 먹다
어린 자식 해가 갈까
눈물 삼키며 기다리니

어느덧 흰 눈, 머리 위
조용히 내려 앉더이다.

수수께끼

푸치니: 투란도트 '공주는 잠 못 이루고'
- Placido Domingo

미궁 속을 헤매다.

사랑은 내가 없이 살 수 없게 하는 것이 아닌
내가 없어도 나와 함께 숨 쉬며 살 수 있도록
또 다른 나를 서로에게 남기는 일인 것 같다.

한국

한국 사람 (하모니카 연주곡)
- 김현식

새 하얀 바탕에 적색 물결 돋아
뼈 시린 아픔에 눈물 짓고 운다.

눈 들어 보면, 보라 빛 멍 자국
서 서히 아물어 노란 살결 위
투명한 눈물 자욱 마르고 닳다.

푸르른 강산 파아란 바다 위
쪽빛의 여운은 우리의 삶 여의고
무상한 세월은 남은 자의 기억이 된다.

잠, 금하다.

#Sherlock Lives
- David Arnord, Michael Price

어두운 창가에서 응시한다.
분명히 밖을 바라보나,
선명히 안을 보인다.

밖의 넌 날 본다.
환한 빛 속에서 손짓해도
잠겨워 헤어나지 못한다.

입구는 네 안에 있고,
열쇠는 네가 가진다.

경계 속 칼날은 날카로워
죽음으로만 갈날이 된다.

〈시, 집〉에 수록된 시의 캘리그라피(1편 이상)를
저자 메일로 보내주시면 저자가 직접 선별하여
커피+마카롱 교환권(30명) 보내드립니다.